U0609712

妈妈为什么要讲故事

要讲故事

肖克凡 著

短篇

天津出版传媒集团

百花文艺出版社

图书在版编目（CIP）数据

妈妈为什么要讲故事 / 肖克凡著. -- 天津：百花
文艺出版社，2023.10
（百花中篇小说丛书）
ISBN 978-7-5306-8662-1

Ⅰ.①妈… Ⅱ.①肖… Ⅲ.①中篇小说–中国–当代
Ⅳ.①I247.5

中国国家版本馆 CIP 数据核字(2023)第 159518 号

妈妈为什么要讲故事
MAMA WEISHENME YAO JIANG GUSHI
肖克凡　著

出 版 人：薛印胜　　选题策划：汪惠仁
编辑统筹：徐福伟　　责任编辑：齐红霞
装帧设计：任　彦
出版发行：百花文艺出版社
地址：天津市和平区西康路 35 号　　邮编：300051
电话传真：+86-22-23332651（发行部）
　　　　　+86-22-23332656（总编室）
　　　　　+86-22-23332478（邮购部）
网址：http://www.baihuawenyi.com
印刷：山东临沂新华印刷物流集团有限责任公司
开本：700 毫米×980 毫米　　1/32
字数：42 千字
印张：3.875
版次：2023 年 10 月第 1 版
印次：2023 年 10 月第 1 次印刷
定价：32.00元

如有印装质量问题，请与山东临沂新华印刷物流集团有限责任
公司联系调换
地址：山东省临沂市高新技术产业开发区新华路 1 号
电话：(0539)2925886　　邮编：276017

肖克凡 / 作者

作家，现居天津。著有长篇小说《鼠年》《原址》《都市上空的爱情》《旧租界》等八部，小说集《赌者》《蟋蟀本纪》《爱情手枪》《天堂来客》等十六部，散文随笔集《一个人的野史》《有时候想念自己》等四部。出版《肖克凡文库》十八册。长篇小说《机器》获中宣部第十届"五个一工程"奖、首届中国出版政府奖，并入围第七届茅盾文学奖。长篇小说《生铁开花》获北京市文学艺术奖。中篇小说《继续练习》获《小说选刊》年度奖，中篇小说《妈妈不告诉我》获《人民文学》年度奖。

一

不知不觉就春天了，小意耸耸鼻子，没嗅出什么新鲜气息，爸爸还是爸爸——哑了嗓子不能演戏，成了话剧团里的大闲人。只是妈妈有了变化——郗团长同意她恢复演出。新华戏院大门外贴出海报，"传统魔术，大变活人，人藏柜中，难以脱身，九把钢刀，插满柜身，柜里柜外，性命莫问，惊险刺激，少儿免进。魔术主演——涂志秀"。

听说"大仙女"露面了，老城区的人们纷纷来买票，日常生活重复不变样儿，人们特别想惊诧起来，既然不忍看高速公路撞车，不愿见悍匪抢劫银行，那么观看杂技魔术最可心。

"大仙女"是本埠观众送给涂志秀的爱称，小意当然高兴。可是想起童话故事里仙女总会返回天宫远离人间，他又害怕妈妈真成了仙女。天宫遥远，坐火箭都去不成。

　　小意小时候得过病，因此发育迟缓。别人家孩子茁壮成长，他十二岁了乍看就是学龄前儿童。他小学一年级就退学了，说是要去那种特殊教育学校，可是几年过去仍然待在家里。他喜欢拿蜡笔画画儿，偷偷给爸爸妈妈画了像，还有胡同里老木匠高爷爷、邻家女孩小菱，以及各种动物，主要是猴子，以缤纷五彩建立自己的小人国。

　　小意没事儿爱跟高爷爷说话。这个老木匠会做那种折叠式梯子，打开竖起上树摘枣，折叠放平代替板凳，坐着抽旱烟晒太阳，小意认为这种变化特别神奇。后来高爷爷发现这孩子不同寻常，你今天跟他说过的话，明天聊天他还能学舌，内容八九不离十。高爷爷暗暗惊讶，这孩子脑膜炎后遗症不如正常孩子灵光，可是学起舌来基本不差样，这叫偏才。

小意也有橡胶脑袋不过电的时候。比如他认为老木匠做的折叠梯子变化神奇，属于变魔术性质。高爷爷说，做木匠活儿是看得见摸得着的寻常手艺，变魔术是看不见摸不着的神奇本领，所以人们管你妈妈叫"大仙女"。

小意听了高兴。妈妈不光长得好看，表演魔术更精彩，比如拿手节目"旱地钓鱼"，她手持鱼竿走下舞台来到观众席，猛然甩竿便钓出欢蹦乱跳的鲤鱼，惊得观众高声尖叫。

当然也有观众高喊鱼是假的。大仙女再次甩动鱼竿钓出更大的鲤鱼，弄得那观众身上水淋淋湿漉漉，引起哄笑。有观众不服气把两条活鱼买回家去，一条清蒸一条红烧，没想到鱼肉细嫩味道鲜美，这就给大仙女传了名，也让小意坚信妈妈的魔术是真的。

小意爸爸名叫马得路，所以小意姓马。自打坏了嗓子不能登台，马得路闷在家里写剧本，好像要做莎士比亚的跨国转世灵童。可是剧本总写不成，就喝酒解闷减压。妻子的魔术搭档邬宗德来家做客，就劝他切莫喝酒伤身。

马得路瓜子脸吊角眼，这脸庞适合京剧须生，但他酷爱话剧而且坚信喝酒使人斗志旺盛。邬宗德小伙子满头卷发、脸庞白净、目光明亮，操着北京腔调说，你干吗非要斗志旺盛呢？和平年代也没人让你爬雪山过草地。

小意好奇地问雪山草地在哪里。马得路抚摸

儿子脑顶说,我的傻儿子,爸爸写剧本等于爬雪山过草地,所以雪山草地就在咱家。

小意曾经问爸爸要写什么剧本。马得路说要写有追求的人,有追求的人不怕死。小意认为自己就不怕死。马得路说他是孩子当然不怕死。

我又不是神仙怎么不怕死呢?妈妈叫大仙女生病照样吃药。

确实,涂志秀居家养病光吃药不爱说话,就爱看《魔术大王历险记》,好像这本小人书里有治病药方。

小意是个病孩子,这样就延续享受孩童待遇。每晚睡前妈妈讲的故事正是《魔术大王历险记》。这本小人书挺薄的,可是妈妈越讲越厚,今天讲的情节跟前天不同,前天讲的人物跟今天两样儿。这让小意觉得妈妈要重新编写这本小人书,因此不停地寻找令自己满意的答案。妈妈讲故事好比旋转万花筒:这个魔术大王,那个小满姑娘;这个小满姑娘,那个魔术大王……有时妈妈声音倏地变得遥远,小意连忙睁开眼睛瞅见妈妈还在身边,这才放心了。

每次讲完魔术大王的故事,妈妈把这本小人书锁进抽屉里,总是自言自语,人世间哪有这么简单的人物,人世间哪有这么容易的事情,不是生离死别就是死里逃生……

小意开动脑筋寻思魔术大王的模样,还有他的魔术搭档小满姑娘,可是越寻思面目越模糊,看来妈妈讲故事挺不容易的。

爸爸剧本总写不成。妈妈停喝汤药,使用爸爸写剧本的稿纸,动手给领导写请战书要求恢复演出,之后派小意送到杂技团交给郗团长。小意不认识这个字。妈妈说"郗"是希望的"希"的读音。小意懂得"希望"是好词，就把好词装进心里了。

一路念叨走进杂技团办公室，小意递交妈妈的请战书。郗团长打量着这个面有憨相的男孩说，现今时兴停薪留职下海经商，像你妈妈这样死磕魔术的人少有，她还能找到杂耍班子的下落吗？像你爸爸这样跟剧本玩命的人也不多，他还想写出惊天动地的大戏呀！当然啦，胸怀大志却郁郁不得志，还是值得同情的。

小意听爸爸说过，妈妈高中毕业不念大学，报考杂技团跟师傅学魔术。杂技团里那些演员，走钢丝的、攀杆子的、蹬纸伞的、转盘子的、抖空竹的、骑独轮车的、叼花儿的……多是门里家传技艺，只有妈妈是个外来人。她用心钻研勤学苦练成了著名魔术演员。

那时爸爸还能登台演话剧，在《白石山风云记》里扮演江湖好汉。戏里江湖好汉身受重伤，还能把那个恶霸打跑。小意看过新戏彩排，跑去后台朝爸爸竖起大拇指。马得路面无表情地说，演戏呗，假扮呢。

小意生气地说，明明好汉把恶霸打跑了，您怎么说是假扮呢？江湖好汉身受重伤没死，他总会养好身体的。

马得路对儿子解释说，这出戏里江湖好汉受伤没死，可是他只能活在这出戏里，一离开舞台人就没了。

小意想起那本小人书里的魔术大王，居然能把大活人从戏台上变到城墙外边去，就问爸爸这不会是假的吧。

什么叫真什么叫假？你妈妈整天研究这段故

事传说,她下了真功夫倒是没掺假。

小意沿着爸爸话茬儿说,高爷爷说城墙早就拆了,没了城墙妈妈怎么研究呢?

你妈妈不研究城墙,她研究从前那些变魔术的人。马得路眉头紧皱说,你将来长大帮助你妈妈研究吧,这是她的头等大事。

等我将来长大了,就把大活人从城墙外边变回戏台上,这样问题就解决了。小意的思维果然与众不同,弄得马得路接不上话茬儿。

之后小意模仿妈妈的话语说,是啊,人世间哪有这么简单的人物,人世间哪有这么容易的事情……

马得路听罢有些惊奇,问儿子这话从哪儿学来的。小意反倒问爸爸,您说那本小人书里究竟有多少故事?妈妈怎么总也讲不完呢?

马得路顿生感慨说，你真是你妈妈的儿子，你们娘儿俩跟那本小人书有缘分。

小意的模样挺逗的，圆脸蛋圆眼睛圆鼻头。这孩子有时表情像动画片里的鼹鼠，让人产生隐痛般的怜爱；有时嘴里冒出些怪异的想法，几乎超出生活常识，令人惊讶不已。

这时候，马得路竟然听到儿子说，爸爸，我怎么觉得那本小人书就像妈妈吃的药呢？一天三次忘不了。

想成为编剧的马得路大受触动，不知如何应答。

二

　　妈妈恢复演出的首场,海报里"新编魔术,大变活人,人藏柜中,难以脱身,九把钢刀,插满柜身"的内容,吸引市民们购票,星期六晚场客满。

　　小意提前溜进后台伏在舞台侧幕条后边,瘦小的身材好像石头缝里钻出团灌木。酱紫色厚绒大幕时不时蹭着小脸蛋儿,仿佛有人伸手轻轻抚摸。这种感觉好比亲人关爱,小意尽情享受着。

　　准备演出后台忙碌,没人注意这团"灌木"。小意撩开侧幕条望着前排座位的茶点,禁不住咽了口口水。妈妈不许他出门随便吃东西,说那样没有教养。"教养"这词只有妈妈说得出。杂技团里把昨天叫"夜儿隔"，把吃饭喝汤叫"灌缝儿"，把笨头笨脑叫"傻巴儿"，把莽撞人叫"愣子"……他们说话跟妈妈大不相同。妈妈有点像小学老师。

邻居女孩小菱她妈妈就是小学老师。小菱长得又白又胖，容易令人联想到白面馒头。小意羡慕"白面馒头"每天背起书包上学，自己只能窝在家里拿蜡笔东涂西抹，哼唱那首"外边的世界很精彩"。

小菱十岁，她误以为小意是弟弟，就有姐姐的优越感，总爱挖苦这个"傻弟弟"。但是小意不记仇，邀请她来看妈妈首场演出，可是人家不感兴趣，说那些魔术变来变去都是假的，只有科学才是真的，所以长大要当科学家。

你说只有科学才是真的? 我妈妈变魔术、我爸爸写剧本都不科学……小意有些失望。

你脑膜炎后遗症做不成科学家。小菱给"傻弟弟"指明方向说，你将来做你妈妈的助手，让她拿你研究大变活人吧。

呵呵……小意不气不恼反而笑了，他的笑容特别真实，一点不掺假。

新华戏院的紫色大幕缓缓拉开，躲在侧幕条后边的小意收拢心思。今晚开场节目"抖空竹"。四个身穿红衣绿裤的女子满台飞舞，抖得空竹嗡嗡作响，营造热气腾腾的气氛。

抖空竹节目暖了场，换来独轮车表演。男演员脚踩小轮车，快速围绕舞台转圈，不停地做出各种惊险动作。独轮车节目下场，两个身穿黑色坎肩的攀杆演员登台亮相，小伙子不断做出"扯旗儿""卧鱼儿"等惊险动作，表演结束稳稳落地，脸不变色气不喘……

轮到白脸蛋红鼻头的小丑上场，这模样就是扑克牌里的大鬼。他跑来跑去到处给别人添乱，差点滑倒引得观众大笑。这时小意便踏着笑声跑去化妆间找妈妈。

　　后台角落里竖起几扇薄板屏风隔成化妆间。小意扒开屏风缝隙伸进脑袋，看见化妆镜前妈妈伏身写着什么，这样子很像小菱的妈妈晚间在家批改学生作业。小意忍不住问道，这儿就您自己，邬叔叔他呢？

　　化妆镜里的涂志秀画了眉毛描了唇，短发齐耳，身穿银灰色迎宾服，这让儿子感觉妈妈变了个人。涂志秀眨眨大眼睛对镜子里的儿子说道，郗团长派邬宗德上台顶坛子去了。

　　邬叔叔表演顶坛子？小意连忙问谁做妈妈的搭档。涂志秀说邬宗德临时补缺，演员要听从领导安排。

小意索性扒开薄板屏风挤身进去说，郗团长是不是要把您和邬叔叔拆分开？

涂志秀转过身来说，小孩子不要乱讲话，这都是工作需要。

前台响起哗哗掌声，听着好像哪里管道开裂流水。涂志秀起身说，邬宗德是个多面手，顶坛子耍盘子，飞镖子甩鞭子，样样精彩，不过他最喜欢魔术戏法……

涂姐，您又夸奖我呢。化妆间屏风外边传来邬宗德说话声，今晚市里文化局局长来看演出，郗团长特意安排前排座位并配了茶点。

哦，领导光临咱们照常演出就是了。涂志秀从衣柜里取出黑色丝绒斗篷，皱皱眉头重新放回衣柜里说，今晚不能表演旱地钓鱼，这位文化局局长姓俞,鱼跟俞谐音要避讳,郗团长不会同意把俞局长从座位底下钓出来的。

小意听了以为文化局局长姓鱼，所以今晚不能钓鱼,于是心里很不服气。我爸爸叫马得路,我叫马小意,如果这样避讳我们就不能过马路了?这样想着小意使劲扒开薄板屏风挤出去，可是邬宗德叔叔已经走开了。

轻手轻脚潜回舞台侧幕条旁边，小意脸颊两侧肌肉痉挛，便伸手揉搓好像小猫洗脸。"小猫"洗过脸蛋儿,可巧涂志秀身穿银灰色迎宾服出场了。

涂志秀脸色微红、短发乌黑、身材挺拔，朝观众鞠躬致意。满场高喊,大仙女！大仙女！

邬宗德身穿黑色燕尾服皮鞋锃亮，从后台推来黑色大立柜，稳稳摆在舞台中央，之后敞开两扇柜门,上上下下，前前后后，左左右右……反复向观众展示着。

观众们看得眼花缭乱,突然有人高喊,这件道具是漏底,舞台下面有地洞,大活人说跑就跑!

伴奏音乐戛然停止,满台灯光倏地熄灭。只剩一束追光照亮涂志秀的搭档邬宗德,欢快跳出"踢踏舞步"走着圆场,皮鞋踏得舞台噼噼啪啪山响。他突然甩头,定住身形,两道目光投向台下,似乎询问哪位说舞台底下有地洞。

伴奏音乐再度响起,舞台灯光大亮。涂志秀和邬宗德并肩向观众致意,"大变活人"的魔术开始,戏院里气氛热烈起来。

三

小意不知道爸爸来了。马得路悄悄落座戏院末排，并不言声。只要妻子演出他必进场观看，还携带那架袖珍望远镜和记录本，似乎随时准备应对重大事件。今晚破例没有喝酒，他举起袖珍望远镜观测前方。邻座的胖男子浓眉大眼红光满面，轻轻推推他肩膀说，你是台湾来的特务吧，侦察什么呢？

马得路不吭声。邻座的胖男子抬手拢拢鬓角说，我看你带着望远镜来的，准以为变魔术是真的吧？以前我也这样认为。其实变魔术肯定有偷手。

马得路仍然不吭声。胖男子继续发表言论说，你拿望远镜观测也没用！人家大仙女变魔术就要把假的变成真的，你自己回家琢磨去吧。

终于马得路眨了眨吊角眼说道，我认为变魔术不都是假的，从前有个魔术大王，他能把大活人从柜子里变到城墙外边去，谁能说那是假的呢！

你说什么？他把大活人变到城墙外边去？胖男子好奇问道，你说的魔术大王是哪儿的，我怎么没听人说过呢？

是啊，如今有谁还知道魔术大王呢？历史就是过眼云烟，那烟儿还不如农村做饭的炊烟呢。马得路似有感慨地说，当年魔术大王表演钓鱼，举着鱼竿来到前排贵宾席，谁都以为他会钓出条大鲤鱼，没想到猛然甩动鱼竿从赖存金身边钓出只大蟾蛤,就是癞蛤蟆! 这等于嘲弄了姓赖的。

胖男子听得入神,问道,这大仙女的钓鱼是跟那魔术大王学的吗?

大仙女哪儿见过魔术大王呀! 这俩人差着辈分呢。所以大仙女研究魔术前辈的奥秘,要把现今跟历史连接起来。

你说那姓赖的是什么人物? 胖男子好奇地追问。

马得路诡谲地笑着说,他属于反面人物吧。

噢……胖男子有些疑惑地说,你这儿给我讲故事呢。

有的故事就是真人真事。有的真人真事呢,后来被讲成故事了。马得路说着举起袖珍望远镜。

这时舞台灯光从暗转亮。胖男子不再打听姓赖的是什么人物,伸手讨要袖珍望远镜说,今晚大仙女表演"九把钢刀"，这里肯定有看头！你让我观瞻观瞻吧……

马得路没有回应。胖男子嘴里嘟嘟哝哝，人家大仙女变魔术凭的是手快，你换成大号望远镜也看不清她的门道。

马得路好像有所发现，从袖珍望远镜看到戏台侧幕条旁边有个模模糊糊的人影，不由得瞪大眼睛。

这孩子也跑来研究大变活人了。小意爸爸自言自语道，这真是母子连心啊。

胖男子挪了挪屁股问道，你说从前魔术大王能把大活人变到城墙外边去，那大活人是个什么人？

新中国成立这么多年，年代久远很难弄清这桩事情，找不到那个杂耍班子，如今光剩下这段故事传说了。

胖男子听罢很不满意地说，你这人说话太绕，不像我们工人阶级直来直去不拐弯儿。

这时戏院灯光再次从暗转亮，舞台顿时明亮起来。身穿黑色燕尾服的邬宗德张开双臂，伸手指向前排摆放茶点的席位——这是邀请文化局局长登台验证魔术道具，以示真伪。

不见前排有人应邀起身。后排观众大声催促。邬宗德满脸微笑再次伸手示意前排嘉宾登台。依然不见有人动弹。

戏院里嗡地哄场了。马得路通过袖珍望远镜看到郜团长站起身来，连连朝台上摆手表示否定。

邬宗德只得放弃邀请。这时舞台灯光闪烁，满场音乐奏响。他打开黑色大立柜的两扇柜门，恭请女魔术师跨步进去，随即砰地关闭柜门落下铜锁。

从前那个魔术大王也是这样吧？邻座的胖男子忍不住问道，他首先把大活人关进去，然后耍来耍去就给变到城墙外边去了。

马得路点头说，民间故事是这样讲的，小人书也是这样画的，就这样把人给救走了，如今我们找不到当年的目击者，也就无法还原真实的历史场景。

哎哟！胖男子拍拍多肉的胸脯满怀豪情说，不是说历史是人民创造的吗？去找广大人民给你打听打听！

马得路侧脸询问对方，人民可以创造历史，人民也可以创造历史人物吗？

当然！人民创造了鲁班，鲁班创造木匠历史。胖男子抖擞精神问，你到底是想研究从前的魔术大王，还是想研究现今的大仙女？

马得路起了兴致说，从前和现今都是研究对象嘛，因为大变活人的历史连接着大变活人的现实。

你这人说话还是曲里拐弯！胖男子神采奕奕说，你不就是要搜寻从前的魔术大王吗，我认识好几个长寿家族，还认识好几个走南闯北的推销员，让他们去找线索把魔术大王从历史里捞出来！

你这儿逮鱼呢！马得路觉得胖男子挺可爱的，好像水泊梁山好汉朱贵的后人。

四

看到妈妈被关进黑色大立柜里，小意呼吸急促起来。妈妈提醒过儿子，要精神放松避免诱发癫痫。爸爸称癫痫发作为"抽羊角风"。妈妈说"抽羊角风"属于民间俗语，告诉小意不要认为自己脑袋长出羊角来。

这时后排观众呼喊，小王子开练！小王子开练！齐声催促表演魔术"大变活人"。

"小王子"是观众送给邬宗德的美称。他迈开小碎步环绕黑色大立柜走两圈，伸手砰砰叩击黑色柜门，摇头表示没听到回应，做出慌里慌张的表情，然后动手解锁打开柜门——柜子里大仙女向观众们挥手致意。

邬宗德鼓掌表示放心了，重新关闭柜门落锁。小意想象妈妈被关在柜子里动弹不得的情景，抓紧侧幕条做着深呼吸。

邬宗德揭开蒙着红绸的兵器架，展示九把明晃晃亮堂堂的钢刀。台下又有观众起身喊道，小王子，这是真刀还是假刀啊？

邬宗德登台表演很少说话。他举起两把钢刀互相碰撞发出铮铮声响，向观众证明这是真正钢刀，之后用刀柄敲击两扇柜门，再次表示柜子木板真材实料。

突然间，邬宗德快速将四把钢刀依次插进黑色大立柜：上、下、左、右，动作干脆利索。

一时间戏院里鸦雀无声。被观众们称为"小王子"的邬宗德，抄起第五把钢刀，对准人物前胸位置狠狠插进柜子里，登时引起观众席动荡。

这第五把钢刀插到妈妈心脏了！小意心跳噔噔加快。伴随着观众的惊呼，又有四把钢刀先后插进黑色大立柜两侧。

六七八九，小意数到第九把钢刀，脑海里浮现妈妈全身插满钢刀的影像，忽然牙关紧咬，两眼上翻，脖梗僵直，四肢抽搐，仰身躺倒，小小身躯被戏院声浪淹没了……

邬宗德迈开漂亮台步不断吊起观众胃口，依次拔出插满柜身的九把钢刀，打开铜锁猛地拉开两扇柜门，嗡地引发全场惊呼——柜子里空空荡荡没了人影。

大仙女呢？大仙女出来！观众们呼喊起来。小王子潇洒地走至台前，猛然挥手指向戏院后排方向，观众们竞相起身回头望去——"大仙女"涂志秀现身了,似乎从地板下冒出来个大美女。

戏院里欢呼声浪骤起,热度足以掀开顶楼天花板。涂志秀身穿红衣绿裤向观众挥手,从后排向台前走去。

胖男子起身喊道,大仙女我问你,从前魔术大王把大活人变到城墙外去了,现在你能这样吗?

不知大仙女听没听到这位观众喊叫,她并未回应继续向台前走去。马得路悄悄注视妻子背影,觉得她深深沉浸了。

胖男子扭脸对马得路说,你看你看!大仙女身穿银灰色衣服钻进柜子里,她从戏院后排冒出来变成红衣绿裤啦!

前后左右的观众顿时醒悟,七嘴八舌附和着。胖男子越发起劲说,你们说这是大仙女换了衣裳,还是根本就换了个人?

一个观众起身说，我看清楚了，她是大仙女，只是换了衣裳。

大仙女为什么换衣裳呢？胖男子疑惑地说，她是存心让咱们以为换了个人吧。

真没想到啊，马得路情不自禁说道，今晚她身穿红衣绿裤好比穿越时光了。

你说她穿越了时光？胖男子更加来劲地说，我明天买票还来看她变魔术，我非要弄清楚大仙女的门道！

马得路意外地笑了，说，真是巧遇了，你也是个性格执拗的人物。

我姓宁，我叫宁哲来，谐音外号"拧着来"！胖男子自报家门说，人活着要有这股子拧劲儿。敢问你尊姓大名？

马得路说出自己的姓名。外号"拧着来"的胖男子拍手笑道,你这名字带劲!一匹好马得到宽广道路,前边好山好水好风光,你就铆劲儿跑吧!

可是不能一条道跑到黑吧。马得路故意说道。

"拧着来"乐观地说,你跑到黑就住宿休息,明儿太阳出来接着跑!反正奔向康庄大道呗。

这时候全场音乐响起,登台谢幕的涂志秀突然双腿瘫软,侧身歪倒在搭档邬宗德怀里。

漂亮的女报幕员快步登场说道,今晚最后的节目新编杂技"十八罗汉自行车"!敬请大家欣赏……

戏院前排观众看到大仙女晕场,急得起身观望,后排观众朝前拥去。有几个老观众议论说,今晚涂志秀换了红衣绿裤不吉利,这是老世年间女子行刑的穿戴,红衣绿裤上法场嘛。

马得路听罢浑身泛起鸡皮疙瘩,连忙朝台前

挤去。

今天是黄道吉日啊！胖男子撩开袖口看了看手表说，我觉得大仙女有来历！

五.

后台灯光昏暗，戏院里安静下来，没有响动了。勤杂工老头儿拉紧粗绳收拢大幕，低头瞅见角落里蜷着个小男孩，细看孩子嘴角泛出白沫，便猫腰以大拇指掐住人中穴位，低声说谁家孩子抽羊角风了。

小男孩渐渐苏醒，睁开眼睛张嘴就说妈妈不能死。勤杂工老头儿问他是不是涂志秀的儿子，并告诉他要是变一场魔术死一个人，那就没人做这行了，死不起。

邬叔叔捅了我妈妈九把钢刀呢……小意浑身疲惫有气无力。

你这傻孩子！勤杂工老头儿揪揪他耳朵说，他真拿钢刀捅人就是杀人犯，足够枪毙一百回了。

明明九把钢刀插进去了……小意翻身爬起来要去化妆间找妈妈。

后台关灯没人啦！勤杂工老头儿转身走开说，你妈妈钻研魔术从来不珍惜自己身体，玩儿命呢。

我爸爸写剧本也玩儿命吧？小意模仿着问道。勤杂工老头儿哼哼着走远了。小意体力有些恢复，起身摸出戏院后门来到小街上，一时懵懂忘了方向就嗷嗷叫了两声，好像跑出来只野生小动物。

卖夜宵的手推车散发羊汤味道，驶了过去。小意恢复方位感，抻长脖子朝东边望去。

一辆自行车飞快驶来唰地停下，小意瞪眼认出是爸爸，又想起那九把钢刀。马得路二话不说掉转自行车驮着儿子向前驶去。小意抓紧他衣襟大声说,刚才我在后台梦见魔术大王了,他眼睛明亮头发漆黑就跟您年岁差不多,不是白胡子老头儿那样的。

马得路猛然停住自行车扭脸问道,这是魔术大王给你托梦,他跟你说了什么?

魔术大王印在小人书里,他被夹纸页里能张嘴说话吗?小意拍着脑门儿极力回忆说,梦里好像有穿红衣绿裤的,一眨眼变成身穿灰布衣裳,再眨眼就没了踪影。

一眨眼把红衣绿裤变成灰布衣裳?这正是大变活人的场景,怎么让你给梦见啦!马得路惊讶地絮叨着,蹬起自行车径直驶进人民医院大门。

拐到住院部楼前马得路停稳车子说,今晚你妈妈谢幕时发了病,人家文化局局长派车送医院来了。

我妈妈真给钢刀扎啦？小意着急了。

那九把钢刀扎不着你妈妈！马得路耐心解释说，你妈妈天天研究从前那些事情，苦思冥想把心脏累出毛病了。

什么叫苦思冥想？小意急忙问道。

苦思就是思索得心都苦了，冥想就是绞尽脑汁呗。马得路有些无奈地说，所以杂技团有人说你妈妈钻进牛角尖出不来……

小意难以想象一个大人怎样钻进牛角尖里，跟随爸爸走进住院部心内科病房，快步跑到病床前叫了声"妈妈"。涂志秀鼻孔插着塑料管，手臂扎着输液针头，脸色苍白冲儿子笑了笑。妈妈平时笑容很少，生了病反而笑了。小意意识到这笑容的珍贵，想哭。

涂志秀转过脸望着丈夫。马得路轻声告诉妻

子,邬宗德被郗团长叫去训话,可能要给个处分。

唉! 涂志秀叹气说,今晚演出邬宗德邀请领导登台,用心良苦。

小意抚摸妈妈手臂说,您不要苦思冥想把心脏累出毛病好不好?

好啊。涂志秀存住笑容说,你将来跟我变魔术吧,那时候观众也会喜欢你的。

小意想象自己成了魔术演员,说,我赶巧癫痫发作在柜子里不能动弹,您还怎么大变活人呢?

涂志秀转向丈夫说,从前魔术大王遇到这种情况,那真是危急时刻面临严峻考验。

马得路沉了沉问道,今晚演出你是故意换了红衣绿裤吧?我猜测你是要重现危险时刻的场景,感受悲壮人物的心理。可是不知你想过没有,究竟哪个女子才是地下交通员,如今恐怕难以认清了。

无论她们谁是地下交通员，我认为她们都是值得纪念的人物。那是多么风华正茂的女子啊，就那样迈步走向死神了，我想起那场景心脏就受不了。可是那本小人书里是怎样讲的呢？一场大变活人的魔术表演，就让那女子死里逃生了……涂志秀好像为亲人鸣不平说，这是何道理，这究竟是何道理？

小意认为自己听懂了，那本小人书里魔术大王变了场戏法，那女子就逃脱了。妈妈不接受这样简单的故事，所以就自己讲故事了，妈妈要讲比较复杂的故事。

小意要端水给妈妈喝。涂志秀全然不顾继续说，那样人们会觉得魔术大王好神奇哟，一瞬间把那女子变到城墙外边去，认为这就是历险记了……

肯定有人说我小题大做。其实我就想弄清楚这个故事传说的原本模样。涂志秀有些气喘吁吁地说，我认为故事原型不会这么简单。那不仅仅是大变活人的魔术表演，那更是灿烂青春的舍生忘死的考验。

马得路安慰生病的妻子说，你何必如此执着呢？这又不是让你负责编撰中国魔术史话，你安心住院治病，不要跟自己较劲了。

你又何必如此执着呢？也没人派你创作英雄史诗，你偏偏跟剧本玩儿命，天天斗志旺盛。

马得路微微苦笑着说，既然是痼疾难除，那就谁也别劝谁了。

漂亮的女护士走进病房要给患者打针，说看过涂志秀的魔术演出，尤其大变活人实在神奇。女护士好奇地说道，您表演大变活人被锁进柜子里受得住吗?我可是有黑箱恐惧症,关进柜子里就会昏过去的。

涂志秀借机介绍说,黑箱恐惧症使人动弹不得。据说外号魔术大王的前辈,当年表演大变活人时遇到过这种事故。

女护士给患者打了针,换了氧气瓶。小意忍耐不住说,我妈妈不怕黑箱恐惧症,因为我妈妈是大仙女。

女护士笑了笑说,你妈妈是大仙女,你是个小神童。

马得路听到儿子被人称为小神童,一时有些不习惯。这时值班男医生晚间巡查走进来,板起面孔催促患者家属离开。

马得路吩咐小意偷偷留下陪伴妈妈,低声叮嘱妻子静心养病,不要纠结那本小人书了。

小意送爸爸走出病房悄声说，我要是再能梦见魔术大王，就问他怎样把大活人变到城墙外边去，醒了马上告诉妈妈。

你妈妈太虚弱了，你少说话不要让她劳累。她总是研究过去的那些人，这很伤阳气的。

小意快步溜回病房。灯光已经调暗，妈妈好像睡着了。小意悄悄趴在病床前，希望再梦见魔术大王问明情况……

小意似睡非睡听见有人说话：郗团长批评我擅自邀请文化局局长登台，这是故意出领导洋相，让我停职反省等候处理。是啊，我随便请个观众上台就行了，可是当年魔术大王表演大变活人，他就是邀请赖存金登台的。今晚我趁机还原当年场景，就是让你切实感受生死攸关的危险时刻……

小意渐渐醒来，听到妈妈说话。小邬，谢谢你对我的支持!今晚演出仿佛穿越时光了,你在柜子外边就是魔术大王,我在柜子里面就是那个女子!涂志秀说着肩膀轻轻颤抖。

小意以前没见过妈妈落泪,突然有些害怕,没敢动弹。

这就是身临其境的体验啊。邬宗德递过手绢说,历史原貌湮灭,我们只得推测了。既然那女子迅速换成红衣绿裤躲到柜子里,看来她清楚便衣队是来抓人的。那么地下交通员就是她吧?

涂志秀不敢肯定地说,可是抖空竹的姑娘身穿红衣绿裤从戏院后排走到台前,从容不迫,毫无惧色,当场被抓了……

无论她们谁是地下交通员,如今活着肯定是离休老干部,可惜没有留下真名实姓,去哪里寻找呢?

小意听着在心里说，邬叔叔您去派出所问民警吧。

邬宗德低声转变话题说，涂姐有个坏消息，郗团长说你今晚擅自更换演出服装，造成现场混乱，也要停止你的演出。

噢——停演就停演吧，今晚身穿红衣绿裤出场，好似灵魂附体了。和平年代里能够感受这种悲壮心理，我知足了。涂志秀稍微停顿说道，有人说我偏执说我过激甚至说我变态，可是我没有办法改变自己啊。

妈妈您不要改变！小意忽地站起挥挥拳头说，您改变了就不是我妈妈了。

小意好样的！邬宗德拍拍小意肩膀，跟涂志秀告辞了。

小意很懂礼貌地送邬叔叔走出病房，然后扯

住邬叔叔袖口悄声问道，您说我妈妈是不是魔术大王的女儿？

邬宗德惊诧得连连眨眼说，你怎么会有这个想法呢？

我觉得妈妈特别关心魔术大王，就像我特别关心妈妈那样，还有妈妈放不下那本小人书……

这只能说你妈妈跟魔术大王的故事产生了共鸣。邬宗德蹲下身子说，你外祖父是个机械工程师,后来修建海河大桥因公殉职了。你妈妈生在新中国长在红旗下，她是在那本小人书里认识魔术大王的。

那本小人书里不会有我妈妈的故事吗？小意再发奇想。

天啊,你真是个思维奇特的孩子！邬宗德注视着小意说,当然,有的人会在文艺作品里看到自己的影子,有时候我就觉得自己是哈姆雷特……

小意不知道哈姆雷特是丹麦王子,送走邬宗德叔叔悄悄返回病房,小声问妈妈喝不喝水。涂志秀满意地点头说,明天你把《魔术大王历险记》给我拿到医院来吧,那把钥匙我放在紫砂笔筒里了。

怎么,您不回家啦?小意惊讶得瞪圆眼睛。

医院专家会诊认为我心脏有缺陷,肾脏也不好,应当做手术的。涂志秀猛地牵住儿子的小手说,我小学三年级买了那本小人书,它就成了我的影子,小人书里的人物要做的事情,我总想亲自体验……

您想亲自体验什么事情?小意不容妈妈回答就说,爸爸说您是个跟自己过不去的人。

这就是性格所致吧。有时候觉得别处还有个自己,可是不清楚她在哪里,这样就不得消停了。

不知道你长大后会不会也是这样。

您说的不得消停是您想停但停不下来，还是压根儿您就不想停下来？

唉！怪不得人家说你是小神童呢。

六

　　小意跑进胡同遇到高爷爷说妈妈生病住院了。老木匠听了叹口气没说话。小意走进家门来到妈妈卧室，从紫砂笔筒找到钥匙打开抽屉，拿出《魔术大王历险记》，得意地笑了。平时总是妈妈捧着这本小人书讲故事，自己竖起耳朵听就是了。今天能够随意乱翻乱看，当然兴高采烈。

　　清晨阳光照耀窗台，妈妈的房间分外明亮。小意手捧纸页泛黄的《魔术大王历险记》，有字有画，看得懂。

　　噢，那时候大变活人跟现在没什么两样，同样是黑色大立柜，只不过红衣绿裤女子现在换成我妈妈,魔术大王现在换成邬宗德叔叔。小意渐渐沉浸小人书里,成了故事现场观众。

身穿蓝布长袍的魔术大王邀请前排贵宾席的宪兵司令赖存金登台验证魔术道具,这家伙摆摆手谢绝了。魔术大王手举鱼竿来到前排突然甩动鱼竿,嗖地从赖存金身旁钓出只癞蛤蟆,引来满场大笑。宪兵司令好像并不介意,老鹰般的目光紧盯舞台上的黑色大立柜。

小意勾起食指蘸了蘸嘴角唾沫,轻轻翻到第12页,发现蓝色圆珠笔在底角打了个"？"。

这个问号是妈妈打的吧？小意一边蘸唾沫一边翻页,从第13页到第18页发现好几个问号。

……魔术大王打开两扇柜门,柜子里红衣绿裤女子向观众招手。小意听过妈妈讲这故事,估计下面要插九把钢刀了。

噢,从前不是钢刀是宝剑。那时没有钢刀吗?魔术大王依次将九把宝剑插进柜子里,戏院里充满惊叫。小意知道现在钢刀不会扎到妈妈,那时宝剑也不会扎到红衣绿裤女子。

……魔术大王不急于打开柜门,环绕舞台走一圈,左手展开折扇右手衣袖遮挡,猛地变出两只小白鸽,扑棱着翅膀飞进后台了。这个小戏法引发观众拍手叫好。

前排贵宾席里宪兵司令赖存金站起身来,轻轻挥手叫来副官,耳语了几句。

……魔术大王再次翻转折扇,眨眼间变出一束鲜花捧在手里,使劲挥臂将这束鲜花抛向台下,可巧落在宪兵司令脚前。没有观众敢过来捡。

第 22 页,有个身影倏地闪进后台——她接过顶坛子的小伙子递来的灰布大褂,快速穿在红衣绿裤外边,起身跑出戏院后门……

小意翻到第 26 页了,魔术大王再次翻转折扇,手里变出的玻璃罐里两条金鱼在游动,引得观众再次喝彩。

终于,魔术大王打开两扇柜门,里面空无一人!他转身抬手指向戏院后排。观众们扭身顺着他的手势望去——关在柜子里的红衣绿裤女子仿佛从地板里冒了出来,稳步朝着台前走来。

大变活人! 大变活人! 现场沸腾了。红衣绿裤女子放缓脚步将目光投向魔术大王。几个便衣队宪兵围拢过来把她抓了。

小意翻到第 29 页,身穿灰布大褂的地下交通员乘坐人力车出了警察把守的城门,她很快消失在城墙外的田野里了……

小意哦哦两声说,原来就这样把大活人变到

城墙外边去啦!

第35页,宪兵司令大发雷霆,不但抓了那个红衣绿裤的女子,还抓了魔术大王,下令拆开戏台寻找女地下交通员逃跑的地洞……

小意绞尽脑汁寻思着。这里有魔术大王,也有红衣绿裤女子,也有顶坛子的小伙子,也有姓赖的宪兵司令……这样轻而易举把人救走了,妈妈当然不会同意,所以给我讲《魔术大王历险记》,故事不断充实,情节不断变化,就这样变来变去的好像变成妈妈历险记了。

可是我喜欢妈妈历险记。爸爸不是在写剧本吗?我要用蜡笔画一本小人书,就叫"听妈妈讲的故事",我要找到妈妈想找到的人,不要让妈妈再劳神费心累坏身体……

一夜在病房陪伴妈妈没有睡好,小意有些犯

困打起哈欠。这时听到门响,是爸爸走进客厅,只见他使劲甩下手套,用力踢掉皮鞋,赤手光脚放声叫喊,嗓音沙哑好像扩音器里刮过六级大风。

亲爱的观众们,你们说《魔术大王历险记》重点人物是谁?你们会说是魔术大王。但是,还有重要人物被埋没了,她就是当年杂耍班子里抖空竹的姑娘。这是我的新发现,这是我的再创造。生命诚可贵,爱情价更高!以前的民间故事传说源于生活,可是没有高于生活!现在我开创《魔术大王历险记》权威版本!我要让历史角落里的人物重现光彩走到大家面前……

怎么爸爸又喝醉啦?小意窝在妈妈卧室里没敢动弹,伸长目光望向客厅。

马得路亢奋得活像个拧满发条的机器人。他喝了杯凉白开润滑嗓子,音量稍稍降低接近收音机里说评书的腔调。小意悄悄竖起耳朵,听爸爸讲述"权威版本"《魔术大王历险记》。

……那个女子来到杂耍班子找活儿,她表示管吃管住不计工钱。魔术大王是班主啊,听她说话本地口音,看她举止也算稳重,没有多问来历就留她做杂务了。杂耍班子人聚人散好比大车店,谁有闲心询问她姓甚名谁呢,私下里就叫她"打杂的"。

这天晚间临近开演,杂耍班子里没人察觉戏院里来了便衣队,只有这个"打杂的"发现危险降临,随手抓了红衣绿裤换上,吱溜钻进黑色大立柜躲藏起来。

轮到"抖空竹"节目上场,抖空竹的姑娘发现自己衣裳不见了,急忙翻出两件备用的,展胳膊伸腿穿戴对头,匆匆登场了。

这姑娘素常技艺精湛,今晚把空竹抖出"纺棉花"花样动作，踩错脚步乱了身形，飞旋的空竹险些掉地，引来阵阵倒彩。她满脸羞愧谢场跑回后台，没想到魔术大王过来亲切安慰，递过泡着菊花茶的水杯说喝吧败火。

小意悄悄听着，觉得爸爸确实像说评书的，不过嗓音比那个单田芳还要沙哑些。

……没人知道抖空竹的姑娘暗恋魔术大王久矣，此时她受到感动委屈地哭着说，我丢了衣裳起了急，慌忙走台差点给你砸了锅，坏了你杂耍班子的演艺名声。魔术大王拍拍她肩膀说声不碍事，便登台表演"大变活人"去了。

小意抻长脖子听着。什么叫"暗练"呢？可能就是偷偷练习功夫吧。妈妈讲的故事里没有魔术大王的菊花茶水，也没有抖空竹"纺棉花"动作。爸爸的"权威版本"就是事儿多。

客厅里的讲述停歇下来。小意嗅着从客厅飘过来的酒味。爸爸酒后从不动手打人，小意还是没敢动弹。

马得路清了清嗓子继续开讲：以前的《魔术大王历险记》，大多来自民间传说，好多情节不尽合理。我的"权威版本"注重人物微妙心理，比如抖空竹的姑娘藏身侧幕条旁边注视着心中偶像，这种含情脉脉才是旧时代的爱恋，如今大街上就敢拥抱接吻……

马得路的讲述从远及近传到小意耳朵里。他感觉爸爸对这个"权威版本"非常满意。

……魔术大王登台表演大变活人，依照惯例要给观众"亮场"验证魔术道具，可是打开两扇柜门他蒙了，柜子里竟然有个红衣绿裤女子！

老观众们知道此时应当空柜无人，大名鼎鼎

的魔术大王居然出了"添丁进口"的差错,引发阵阵嘘声,戏院后排观众喊道,不变魔术改京戏,从哪儿添了个花旦,这是要唱《柜中缘》啊?

前排贵宾席里的宪兵司令赖存金随即起身,射出目光投向黑色大立柜,之后落座点燃香烟,仰脸拱嘴喷出个浓浓的烟圈儿。这烟圈儿腾空飞向舞台,越飞越大像个套子。戏院里安静下来。

爸爸的故事怎么越讲越复杂呢?小意从未见过越飞越大的烟圈儿,有些不明所以。

……人家魔术大王毕竟老江湖,临危不乱随机应变,满脸微笑伸手拽了拽那女子,请她抬腿伸脚迈出柜子,以此展示她不是假人。这时藏身侧幕条旁边的抖空竹的姑娘蓦地看到"红衣绿裤"差点叫出声来——敢情是"打杂的"偷了我的衣裳!

抖空竹的姑娘毕竟暗恋魔术大王,顿时妒火

满腔。她认为"打杂的"这是想做魔术大王的搭档，趁机换穿红衣绿裤钻进柜子，出场亮相就把生米煮成熟饭了。俗话说是可忍孰不可忍，抖空竹的姑娘决不容许"打杂的"抢了先。

师可认叔不可认……这是什么意思呢？小意想弄懂老师和叔叔的关系，忍不住起身走出妈妈的卧室，来到客厅愣头愣脑问道。

马得路看到儿子仿佛遇见热心听众，酒兴越发高涨，并不解释引起儿子疑惑的"师可认叔不可认"，反而继续讲述他的故事。

小意只得认真听着这个完全出乎意料的传奇故事。

这时只见魔术大王转身快速关闭两扇柜门，食指弹击黄铜门环送出暗号，示意"打杂的"伺机从背板活门闪出。只要清空柜子他的演出就正常了。

魔术大王掩盖漏洞主动加演两道小戏法,给"打杂的"赢得时机闪身走脱。可是他哪里知道"打杂的"患有黑箱恐惧症,只要你关严柜门她就呼吸窘迫四肢僵硬,难以从柜子背板活门遁脱。

魔术大王不知内情,变过两道小戏法,再次打开两扇柜门。看到还是红衣绿裤女子,观众们登时哄了场。魔术大王没有见过这种"活死人",只好趁势拨开背板活门的消息掣,重新关闭两扇柜门。这等于替"打杂的"打开逃脱通道。

抖空竹的姑娘急得跺脚,恨不得冲出侧幕条把"打杂的"从柜子里拽出来,决不能让她毁了魔术大王的江湖名誉。

观众起哄声越来越响。魔术大王招手叫小伙计送来鱼竿,微微躬身朝前排贵客行礼。观众们看出这要加演"旱地钓鱼"，戛然止住倒彩。

魔术大王性情淡泊不解风情，平时对抖空竹姑娘的暗恋毫无感知。他手持鱼竿走到侧幕条前。抖空竹的姑娘焦急地打个响指，然后夸张地撩了撩眉毛，绷紧嘴唇迸出"棚了"二字。魔术大王懂得江湖术语，回了声"马前"，迈开大步走下台去。

马得路越讲越兴奋。小意越听越恍惚，棚了？马前？他们说的是哪国话呀……

七

小意紧紧跟随轮椅进了 CT（计算机层析成像)机房。护士扶着患者躺进机舱,这时 CT 技师要求家属离开机房——出去。

小意望着妈妈的身体被缓缓送进 CT 机器深处,突然大喊,妈妈您不要把自己变到城墙外边去。这技师听了吓得按停机器,以为遇到具有特异功能的小神童了。

小意,那座城墙早就拆啦!从机器里传出涂志秀的声音说,好儿子你出去等候妈妈。CT 技师得知并非遇到天赋异禀的小神童,随即启动机器。

等待妈妈检查出来了, 小意跟随轮椅回到住院病房。女护士好奇询问那座城墙原先在哪儿。小意说原先的城墙在妈妈故事里呢,妈妈故事里的城墙是拆不掉的。女护士听了感觉这孩子特别神奇。

涂志秀解释说,小意是听故事长大的,听故事使孩子充满幻想。

那么您也是听故事长大的?女护士扶着女魔术师躺到病床上。

小时候没人给我讲故事……涂志秀略显沧桑地说,我是看小人书长大的。

听到妈妈说起小人书,小意从衣兜里掏出《魔术大王历险记》,告诉妈妈在家里给小人书穿了衣裳。涂志秀接过包好书皮儿的《魔术大王历险记》,轻轻抚摸着。

女护士说外边来了医德医风检查团,推起轮

椅走了。小意马上凑到病床前对妈妈说，我爸爸有了"权威版本"《魔术大王历险记》，有好多地方我听不懂……

噢，你爸爸的剧本写成啦？女魔术师有些疲累，闭目养神了。

小意想把爸爸的故事讲给妈妈听，想起小菱用过的词语，就说，妈妈我给您鹦鹉学舌吧。

涂志秀睁开眼睛看着自愿变成小鸟的小意，觉得儿子太可爱了，一时间身为母亲的她有些伤感。人世间患有癫痫症的孩子不少，可是像小意这样的不多，他越病越纯粹，甚至纯粹得不肯生长了。

误用"鹦鹉学舌"词语，小意哪里知晓妈妈的心思，当即变成鹦鹉开始学舌。涂志秀的手抚摸着她的小人书，静静听着。

……那个魔术大王来到前排贵宾席鞠过躬，突然甩起鱼竿嗖地从宪兵司令赖存金身旁钓出只癞蛤蟆。不少观众看出这是他戏耍姓赖的，但是没人胆敢拍手鼓掌。

姓赖的宪兵司令没有发火，起身拍了拍魔术大王肩膀还跟他握了握手，当即指派年轻的副官收下这只癞蛤蟆，说要送到城墙外边放生。

魔术大王稳步返回舞台啪啪拍打黑色大立柜，然后贴近耳朵听了听，好像担忧里面还有人。戏院里没人出声，等待魔术大王打开柜门……

小意暂停讲述想要喝水。涂志秀坐起身来注视儿子说，你能把爸爸讲的故事这样复述出来，我以前怎么不晓得你有这种天赋呢？我真是个不称职的妈妈！

端起搪瓷茶缸咕咚咚补足水，小意讲出爸爸

故事的节点:那个"打杂的"女子趁着魔术大王甩竿钓出癞蛤蟆的乱乎劲儿,趁着舞台暗光钻出柜子闪进后台了。

我的小意真棒!你把妈妈带进故事现场了。涂志秀很是感慨地说,今后有谁还说我儿子脑子不灵光呢。

受到如此夸奖小意不知所措,瞪圆小眼睛解释说,我只会把别人讲的故事学说一遍,妈妈这种鹦鹉好吗?

这不叫鹦鹉这叫复述。涂志秀凝眉思索说,有时候这样挺好的,我不就是把魔术大王的故事讲了好多遍吗?

可是您讲的故事经常变化,您没有鹦鹉学舌吧?小意再次误用从小菱那里学来的词语。

妈妈没有鹦鹉学舌,妈妈有意把魔术大王的

故事讲了好多遍，就是想找到最好的样子……涂志秀给儿子解释着。

您养好身体继续给我讲故事吧，一直讲到怎样把大活人给变到城墙外边去，一直讲到究竟谁是地下交通员，一直讲到谁是小满姑娘，一直讲到魔术大王去了哪里……小意说罢问妈妈要不要接着听爸爸的"权威版本"。涂志秀点点头说要听的。

小意挺身站直告诉妈妈说，这时候魔术大王打开两扇柜门，看到里面没了人，庆幸"打杂的"女子走脱了。他转身挥手指向戏院后排，观众们扭身顺着他的手势望去——红衣绿裤女子竟然从那里冒了出来，她不慌不忙满脸微笑朝台前走来。这时有观众敢拍手了……

她就是那个抖空竹的姑娘，为了给魔术大王

救场,这痴情姑娘冒名顶替了"打杂的"女子。她不知道"打杂的"女子穿好灰布大褂溜出戏院后门,坐上人力车出了城门到了城墙外边,她更不知道"打杂的"女子是地下交通员,带着情报去根据地了。

便衣队当场抓了抖空竹的姑娘,押送到后台审问。姓赖的宪兵司令似乎有所怀疑,反复追问她是不是柜子里的女子,只要实话实说啥事儿没有。抖空竹的姑娘一口咬定自己就是柜子里的红衣绿裤女子,她趁着魔术大王甩竿钓蛤蟆的机会,钻出柜子穿过走廊跑到戏院后排,点对点现了身。

宪兵司令赖存金抽着香烟告诉抖空竹的姑娘,那只癞蛤蟆他都可以放生,只要承认柜子里另有其人。抖空竹的姑娘就是不改嘴,她知道自己改嘴就揭了魔术大王的短,自己改嘴就砸了魔术大王的锅,她要保护暗恋偶像的演艺声誉。这时候就连宪兵司令的年轻副官都看不下去了,说,你这女子真强梁啊。

小意停顿下来,小脸蛋浮现出跟年龄不符的表情,接着说,妈妈,抖空竹的姑娘这就是"暗练"吧?

涂志秀毫无思想准备,只得反问道,那么魔术大王什么表现呢?

爸爸说魔术大王猜测出"打杂的"女子身份,知道放走共产党嫌疑人罪过不轻,也是一口咬定柜子里不是别人。

涂志秀立即问道,抖空竹的姑娘听了这话什么反应?

听了这话什么反应……小意眯眼皱眉努力回

忆说,我记得爸爸讲故事时这样说,抖空竹的姑娘听到魔术大王这样说,脸上露出欣慰的笑容……

涂志秀低头思忖说,你爸爸这是讲了个爱情故事啊。

小意看到妈妈这般表情不禁问道,妈妈,爱情不好吗?

你是问抖空竹的姑娘对魔术大王的爱情吗?涂志秀沉吟答道,柜子里"打杂的"女子没有爱情,她是死里逃生了。柜子外边抖空竹的姑娘有爱情,她是舍生忘死啊。

小意听不懂这话,转念告诉妈妈,爸爸讲故事时说了两句话,生命诚可贵,爱情价更高。这是不是说爱情很贵的?

这首诗后面还有两句,你爸爸给你讲了没有?

小意摇头说不记得。涂志秀只好揣测说,你爸爸会把后面两句写到他的剧本里吧。

我爸爸说他的剧本……小意拍手给自己鼓掌说，我想起来啦！爸爸的剧本不是写魔术大王，他说是写您的，他说您是个特殊人物，您身体里有好几个小满，所以他总也写不出来……

涂志秀瞬间涨红了脸问道，你爸爸真是这样说的？

小意小鸡啄碎米似的点头，表示自己"鹦鹉学舌"不会错的。

你爸爸这人真是的，他不写魔术大王写我干吗……涂志秀伸手摸了摸儿子脸蛋儿说，妈妈星期三做手术，今晚再给你讲个故事吧。

小意好奇问道，您还要讲魔术大王的故事？

人嘛，有时候会在别人的故事里看到自己。涂志秀说着拿起牛角梳子拢了拢头发。这让小意想起化妆室里的女魔术师，也想起那个红衣绿裤的女子。

妈妈，抖空竹的姑娘被宪兵队抓去了，她仍然"暗练"魔术大王吗？小意很想弄懂大人的事情。

她是个既痴情又忠诚的姑娘。你爸爸讲的爱情故事很生动，其实不光爱情还应当有别的什么……

小意不解地问道，还应当有别的什么？

这便是我要给你讲的故事啊。涂志秀柔声细语道，魔术大王跟小师妹好多年没见面了，彼此没有相忘于江湖，这次重逢彻底改变他们的人生……

涂志秀讲着讲着，渐渐沉浸到她的故事里了。小意成了这场人生重大变故的见证者。

妈妈，小师妹名叫小满吧？小意灵光乍现问

道。

　　小满，这名字多好听啊……女魔术师忘情地说,小满是企盼麦熟的节气。

八

　　小意跟爸爸守在手术室门外。五个钟头就这样过去了，手术室门楣依旧亮着"手术中"红灯。马得路强作镇定说了声没事儿。小意说妈妈是大仙女当然没事儿。这几天爸爸嘴里没有酒味。小意就问爸爸酒呢。马得路说敢情不喝酒照样斗志旺盛。小意觉得这不是从前的爸爸了，当然没有换人。

　　爸爸讲的魔术大王故事，那确实换了人的——抖空竹的姑娘顶替"打杂的"女子。换人结果怎样呢？"打杂的"出城跑了，顶替的当场被抓。小意认为人是换不成的——你还是你，她还是她。

沉默了一会儿，小意想起几天没有露面的邬宗德叔叔，就向爸爸打听。

邬宗德给你妈妈写了封信……马得路翻开衣兜掏出牛皮纸信封说，这封信我没有转给你妈妈，毕竟还是魔术搭档嘛。

小意听了有些紧张，毕竟他喜欢邬宗德叔叔，文明礼貌有文化，人特帅气。

邬宗德写信承认自己撒了谎，他邀请文化局局长登台是想讨好人家，希望给领导留下好印象，为日后发展打下基础。他反而把这件事儿说成让你妈妈感受危险降临的人物心理……

噢！邬宗德邀请文化局局长登台，这是模仿魔术大王邀请宪兵司令，等于趁机再现历史场景了。小意松了口气说，邬叔叔主动承认自己撒谎，这挺好的呀。

是啊,你妈妈从来不谅解自己,我担心她同样不会谅解别人,决定不把这封信交给她。既然邬宗德讲出实话,这桩心病会慢慢平复。

小意认为爸爸说得很对,笑了。他扭脸看见"手术中"红灯,又不笑了。

一个胖男子从手术室门前经过,猛地停住脚步盯住马得路说,你就是那个"袖珍望远镜"吧?我还以为这辈子找不到你了。

马得路打量着又白又胖的男子,尝试着叫出对方名字"宁哲来"。对方合掌大笑自报外号"拧着来"。这情形让手术室门外的紧张气氛略有缓解。

我已然打听到魔术大王的下落啦!有人抗美援朝那年在东北见过他演出……"拧着来"大声

说话像喊口号似的。

小意近前摆手指了指墙壁。宁哲来看清"请勿大声喧哗"字样，主动放低调门继续说，有人在东北见过魔术大王慰问志愿军伤病员演出，他的拿手好戏还是"大变活人"和"旱地钓鱼"，有时鲤鱼有时鲫鱼，冬天没鱼就不钓了。他表演"大变活人"的搭档是个女子，她春秋演出穿红衣绿裤，天冷就不知道了。

哎哟！马得路惊得瞪大眼睛说，从前那是故事传说，现在这是真人真事啦？

当然是真人真事！因为历史是人民创造的，所以咱们的钞票叫人民币！你能说人民和人民币是假的吗？宁哲来再度提高嗓门，精神旺盛，满面红光。

小意听了急得跳脚说，你这儿都成了真人真

事,我妈妈讲的那些故事就成了假人假事啦？

马得路安慰儿子说,源于生活,高于生活,你妈妈讲的那些故事更接近真人真事……

故事更接近真人真事？外号"拧着来"的胖男子反对说,那就请说评书的艺人到大学里教历史吧！汉朝讲萧何月下追韩信,唐朝讲薛仁贵征东,宋朝讲穆柯寨招亲,元朝讲中秋节月饼馅儿里藏纸条儿……

马得路不知如何解释。小意代替父亲说道,因为从前那些真人真事没有被认真对待,后来就变成这些故事传说了。

父亲受到儿子启发说道,因此还是要弄清赖存金是否确有其人,便衣队戏院抓人是否确有其事,还有谁是小满,这些素材对我的剧本来说非常重要……

我以为你在追查历史真相，合着你要写剧本唱戏啊！这性质就完全变了。性格开朗的宁哲来没了兴致，说了声牙疼就走了。

眨眼间，从前的民间故事变成眼前的真人真事，小意有些难以适应。马得路反而有了新思路，颇为自我肯定地说，以真人真事为创作素材，反而能够获得更大的创作空间，使得艺术真实超越生活真实，让当代小满穿越时光，寻找从前的小满……

我妈妈就是您说的当代小满吧？小意再度突发奇想。

马得路感觉浑身过电，猛地打通任督脉络，伸手抓住儿子胳膊说，莫非你真是个小神童？穿越到我家来啦！

小意有些莫名其妙，抬头望着亢奋不已的爸

爸。

女主角要在精神王国里确认魔术先辈们！女主角要在历史长廊里发现前世的身影！女主角要在现实生活中独自坚守自己！马得路大声表达思想收获说，她的研究越来越复杂，她却变得越来越简单，这就是自幼延展的心路历程清澈而明亮……

小意认为爸爸这是朗诵诗歌呢。看来爸爸不喝酒照样斗志旺盛，可以在家里"爬雪山过草地"了。

这时手术室的门打开了。激情澎湃的编剧爸爸陡然回到现实世界。小意扑向担架车被护士拦住，说患者还昏迷呢。小意只得央求身穿浅蓝色手术服的医生，您快让我妈妈醒过来！我用蜡笔画了一本小人书给她……

大人怎么还看小人书?返老还童啊。手术医生好生奇怪,转而对家长马得路说,六个小时的手术还算顺利,只要患者度过感染期就好,这要家属积极配合。马得路不知这是好消息还是坏消息,伸手摸了摸妻子的脸。

推起担架车把患者送到ICU(重症监护室),医生说ICU这里家属不能陪护。小意越发纠缠说,我画这本小人书用掉两盒蜡笔,每页都有我不会写的字,所以要请妈妈帮助。

您家孩子好执着啊。这位医生从未见过这种类型的孩子——语言表达水平明显超过事物认知能力,反倒挺纯粹的。于是拿惯手术刀的医生上下打量小意说,这孩子某个方面可能具备超常能力吧。

小意快速问道,那是在鹦鹉学舌方面吗?

你的想法很奇特!这位医生认真地说,你画的那本小人书也与众不同吧?

小意听了毫不谦虚地点头说,医生叔叔我认为您说得对,因为妈妈说是真的。

九

女魔术师住进 ICU 两天了还没有苏醒过来。大清早小意和爸爸就跑来了,徘徊在 ICU 门外。马得路自言自语说,志秀你既是杂技团台柱子,还是我剧本主角,你可不能放弃自己。

小意好像具有特异功能,告诉爸爸说妈妈快苏醒了。马得路受到儿子鼓舞恢复斗志说,你现在回家把我存的茅台拿来,你妈妈苏醒了马上开瓶庆祝。

您需要午餐肉罐头吗?小意联想到爸爸的下酒菜,一时间思维逻辑清晰了。

喝喜庆酒不用搭配别的,一仰脖儿就干啦!马得路接受小神童的预测，已然起了酒兴。

我赶紧回家拿茅台吧。小意说着小狗似的跑了。

跑进胡同里看见高爷爷做木工活儿，小意径直回家找到那瓶五星商标图案的茅台酒。包裹酒瓶的绵纸已经泛黄，他估计这酒比自己年龄还大，双手紧握酒瓶走出家门奔向老木匠小工地，高爷爷正在做双门大立柜。

您这是做魔术道具吧，高爷爷？小意想起杂技团的黑色大立柜。

嘿！你不说我还想不起来呢。高爷爷停下活计回忆道，我十二岁进木匠铺学徒，跟随老师傅给杂耍班子做过几件木器，就有那种背板留有暗门的双敞式大立柜，记得班主特意要求里外都刷黑色油漆，说黑色藏拙避目，黑洞里变魔术不走光……

小意不顾礼貌打断老木匠问道，那杂耍班子有个魔术大王?还有抖空竹的姑娘身穿红衣绿裤?

什么红衣绿裤啊!那时候我比你现在傻得多，除了锛凿斧锯啥都不知道。高爷爷眯缝眼睛回想六十年前情景说，那个杂耍班子突然就没了，听说十几号人被宪兵队装进大卡车，一股脑拉到太古码头坐轮船走了，以后没了音信。

那个宪兵队司令是不是姓赖?小意认为出现新线索追问道，赖司令手下有个年轻副官对不对?

你说什么呢!老木匠听得云山雾罩连连摇头说，你妈妈劳神累心不得闲，你还是个小孩子也跟着不得闲，还有你爸爸非要写剧本不可，写不出来干着急……

听高爷爷说到爸爸，小意想起手里的茅台酒，跟高爷爷说了声回见扭身跑了。

这瓶茅台有点渗漏，小意身沾酒香跑进住院部楼道，冲到 ICU 门前，看见爸爸正跟两个男人说话。

一个是郗团长，另一个不熟悉。这时爸爸表情郑重说，谢谢俞局长和郗团长，二位领导百忙中来到医院看望我妻子，尤其那天涂志秀谢幕突然发病，还是俞局长派车送到急诊……

这些都是我们应该做的嘛。郗团长好像报幕员说道，今天俞局长亲自来到医院，这是有重要事情要传达的。

马得路嗅见酒香扭脸看了看儿子，这便牵引着俞局长的视线投向小意。小意仍然认为文化局局长姓鱼，上前表示不满说，鱼局长，邬宗德好心好意请您登台，您干吗罚他停止演出呢? 我妈妈病了就让他顶坛子去吧……

这位姓俞而不姓鱼的文化局局长被小意说得愣了神儿。郗团长连忙补台说,这孩子发癫痫发成小神童了,有时张嘴说话超越现实,我怎么会不让邬宗德同志顶坛子呢?

俞局长听了跟小意握了握手说,原来你是小神童啊!那么将来长大就做学问,好好研究咱们中国魔术史,把这门古老艺术推向世界。

小意受到意外夸奖,反而不好意思了。这时俞局长跟马得路握了握手说,咱们市文化局接到辽宁方面打来的电话,东北兄弟省市编纂民间文艺家系列丛书,广泛搜集有关魔术大王的故事传说,涂志秀同志多年研究这位传奇人物,还要请她协助补充完善这方面的资料。

怎么东北那边还有别的魔术大王啊?小意忍不住告诉两位领导说,不管别处有没有魔术大王,反正我妈妈主要研究他的搭档小满姑娘，你们知道这是为什么吗？可能我妈妈乳名也叫小满。

原来是这样子啊。俞局长露出慈祥的微笑说，我们人事履历档案不登记乳名的，这属于个人隐私喽。

结婚多年我也不知道妻子乳名叫什么。马得路拉回话题说，医院专家会诊说病人该苏醒了，可是还没有苏醒。东北那边搜集魔术大王资料的事情，只好候一候了。

俞局长表示涂志秀同志会苏醒的。郗团长同样充满信心。小意依然乐观地说，我妈妈给我讲过好多魔术大王的故事，光小满姑娘就有好几位呢，你们放心吧我妈妈会苏醒的。

你真是个小神童！俞局长似乎很喜欢小意，说搜集整理民间故事传说就要后继有人。

小意模仿大人把俞局长和郗团长送到住院部大门外,还挥手道别。马得路猛然觉得儿子瞬间长大了,以前是个病孩子被人瞧不起,现今被人称为小神童,赢得了不同寻常的生存状态。

马得路感慨自己老态了,但是将会得到儿子的帮助,这是人生的莫大收获。他小声念叨起来,志秀啊志秀,这都是你讲故事的功劳,你在故事里不断寻找自己,无形中塑造了咱们的小意……

郗宗德怀里抱着束鲜花来到重症监护室门前,表情稍显拘谨,少了登台表演魔术时的潇洒派头。小意奔将过来说,我用蜡笔画了小人书,总共十八页呢,郗叔叔!

好哇好哇,你学会给妈妈讲故事啦!郗宗德把鲜花递给马得路,腾出手来摸了摸小意脑袋说,那本《魔术大王历险记》小人书,被列为少年儿童爱国主义教育书目。可是哪儿有魔术大王啊，光剩下我这种顶坛子的小角色了。

马得路尽力安慰说，既然你写了那封信，说明你是个不肯轻易放过自己的人，所以你能够成为涂志秀的魔术搭档。你的那封信我烧了，当时火光耀眼跟放小焰火似的，照亮我们的小天地。

小意认为爸爸说话就跟念诗似的，从衣兜里掏出自己画的小人书说，邬叔叔不要说没有魔术大王了，我觉着以后您可能就是了。

邬宗德腾地涨红了脸，英俊潇洒的小伙子羞得像个大姑娘。小意把蜡笔小人书递过来说，我把魔术大王画得跟您现在年岁差不多，我看你俩都挺帅的。

邬宗德被小意形容得满脸尴尬，连忙询问蜡笔小人书的内容。小意接过这沓五颜六色的蜡笔画片,开始讲述故事。

一天傍晚,杂耍班子预备进场演出,魔术大王的小师妹来了,她的名字叫小满。

咦?马得路不由得出了声,怎么出来个小师妹呢,而且名字叫小满?

邬宗德不无体谅地说,本来魔术大王的故事版本就比较多,那么就会有身份不同的小满吧。

是啊,爸爸讲的故事里那个抖空竹的姑娘也叫小满,她身穿红衣绿裤从戏院后排走到舞台前面,被便衣队抓走了……

马得路迟疑地说,可是我的版本里没有这个小师妹的。

小意胸有成竹——以前他以为这句话是说肚子里有根竹竿儿,现在明明白白说道,小满在爸爸故事里是那个抖空竹的姑娘,小满在妈妈故事里是这个小师妹。所以说小满等于小师妹。

邬宗德觉得小意说得有道理，说小满可以是抖空竹的姑娘，也可以是小师妹，还可以是死里逃生的"打杂的"女子，可能还有别的姑娘是小满，这就是人物世界嘛。

没错！还有抗美援朝那年在东北演出的红衣绿裤女子，难道她不能是小满吗？马得路显然受到重大启发，从迟疑改为认同，连连催促小意快快讲解，好像他的剧本即将出笼准备彩排了。

小意只得加快速度说，小师妹比魔术大王小八岁，她告诉大师哥这次来到杂耍班子就不走了，这令魔术大王非常惊讶。小师妹几年前来过杂耍班子学艺，认他做了大师哥，可是没几天她被父亲弄了回去。堂堂书香门第女儿怎么可以成为江湖艺人？就这样三番五次跑过来，五次三番被弄回去,后来被父亲送到北平女校读书,跟杂耍班子断了联系。

这次小师妹重新出现，魔术大王内心很不平静。他当然愿意小师妹留下来,结伴行走江湖,共享快意人生。可是她高中毕业考进辅仁大学物理系深造,怎么能够前功尽弃明珠暗投呢?魔术大王做出义断情绝的样子，退还小师妹以前送他的玉石扳指,以此刺激她自行离去。没想到小师妹坚决不走。魔术大王吩咐顶坛子的小伙子,明天买火车票送她回北平。

小师妹稳住心神说,既然明天我要走了,今晚我跟大师哥去演出好不好?魔术大王内心留恋,自然点头同意了。杂耍班子晚间演出不排饭,要等到散场吃夜餐。魔术大王特意给小师妹安排晚饭,热气腾腾的白面馒头和鸡蛋紫菜汤，搭配天昌酱园的八宝小菜。

傍晚杂耍班子来到丹桂戏院后台，艺人们各忙各的。魔术大王拨开幕帘儿发现几个观众提前进场了，然后四散落座。常年闯江湖走码头见多识广，他懂得看杂耍不比听京戏，没有观众赶早落座的。他顺着台角侧梯下了场子，从前排逛到后排，心里明白了八九，立马回到后台找到小师妹，催促她离开戏院去客栈歇息。可是没有想到小师妹已然换好杂耍班子的衣裳——上穿红衣下穿绿裤，满脸欢喜问大师哥她这身打扮好看不好看，而且不等回答便大声宣布，我今晚就是杂耍班子的人啦。

魔术大王深深叹了口气。小妹师索性得寸进尺说，今晚我要做大师哥大变活人的搭档！

旁边站着顶坛子的小伙子和抖空竹的姑娘，

纷纷点头表示支持。魔术大王还没表态，便衣队突然封锁戏院后台，晚场演出取消了。身穿黄呢军装的宪兵司令赖存金，嘿嘿笑着对魔术大王说了声叨扰。年轻的副官清点杂耍班子人数，报告说拢共十二位满桌子。人们就以为赖司令要请吃饭。赖存金依次打量杂耍班子艺人，表情疑惑地说原本十一位的。身穿红衣绿裤的小师妹出头说道，今天凑齐了就是十二个人。

年轻的副官接话说道，今天你们凑齐了就好，现在就请各位收拾道具打点行李，准备开路。魔术大王拱手请问赖司令这是做何安排。对方哈哈大笑拍拍他的肩膀说，我请诸位出门游玩散散心，时间紧迫闲话少叙，马上装车抓紧出发吧……

马得路和邬宗德被全新故事版本吸引，已经成了小意的忠实听众。他们哪里知道这故事是涂志秀手术前夜讲给儿子听的——不光有大师哥与小师妹的情感，还有这位女魔术师历经多年的不懈寻找，通过"小满姑娘"将内心愿景呈现出来了。

……天亮时分，杂耍班子被宪兵队大卡车拉到太古码头，一个不少送上开往大连的火轮。清晨时分拉响汽笛驶出大沽口，杂耍艺人们只得听天由命了。魔术大王来到前甲板，小师妹再将玉石扳指赠送，表示它终归属于大师哥的。大师哥问小师妹，你得知我们杂耍班子将被押送大连给赖存金的父亲寿诞演堂会，立马就从北平动身赶到天津来啦？

小师妹略含歉意地笑了，说这就是缘分吧。毕竟她不能告诉大师哥，北平通往关外的道路处处严查走不通；她也不能告诉大师哥，北平城工部得到内线密报，当即决定抓住天赐良机，派她搭乘杂耍班子轮船前往东北;她更不能告诉大师哥,宪兵队里内线就是年轻的副官……毕竟难以抑制内心情感,小师妹声音有些颤抖地说道,有幸跟大师哥同船渡海,真是不枉此生啊。

心有灵犀,不必多言。小满多多保重!魔术大王称呼小师妹乳名,说罢返回了客舱。

马得路听得打了个激灵,似乎恍然大悟说,这个小师妹才是你妈妈心里的人啊!

是啊,这个世界上总会有个相同或相似的自己,由于时空交错很难相遇,有人终生寻找不停歇。邬宗德颇为感慨地说。

这时候 ICU 的铁门打开,护士长探头发布通知,10 床涂志秀家属,每天下午四点钟 ICU 允许探视,严格限时二十分钟,不得超时驻留。

魔术"小王子"邬宗德头脑反应最快说,这无疑说明患者病情好转了！这肯定说明患者病情好转了！

　　那就等候妈妈亲自给你们讲这故事吧！小意收起蜡笔小人书乐得蹦蹦跳跳，毕竟小神童还是小孩子。

　　志秀，你快快醒来吧，我已经把你请进剧本里了……马得路嗓音沙哑地说着，竟然泪流满面。

十

　　小意果然成了袖珍型预言家，预言精准得就
像爸爸那架袖珍型望远镜。下午四点钟准时穿戴
全套淡蓝色超薄防护服，小意怀抱鲜花跟随同款
穿戴的爸爸，前后脚走进 ICU 探视刚刚苏醒的妈
妈。

　　手术后涂志秀还在输液，透明的吸氧罩遮挡
面孔似乎难以确认。小意坚信妈妈是真的，就连妈
妈讲的故事也没有假的。

　　见到妻子马得路不知说什么好，连连做出"V"
字胜利手势。小意不见妈妈回应，双手举起自己画
的蜡笔小人书说，妈妈我完成了您的任务。

女魔术师轻轻点头连连眨眼，表示了赞赏。小意趁机翻开蜡笔小人书的末尾几页，当场给妈妈复述妈妈给他讲过的故事。

……火轮行驶到转天清早，远远望见大连码头了。一艘国军炮艇快速开过来，左甲板有个军官手举喇叭高声喊话，宣布登船搜查从关内来的共产党嫌疑分子。客舱里小师妹得知情况有变，立即从内衣深处拆出密码本，一页页撕碎嚼烂吞到肚里，身穿红衣绿裤走出船舱，满脸微笑望着大师哥。她知道不能挥手道别，那样会连累他的。魔术大王只得拱手抱拳，远远注视小师妹。

小师妹快步来到船尾，抬腿跨过围栏大声说，大变活人就是要把自己变到大海里去！说着纵身跳进黑蓝色柔软的怀抱里。

小意感觉妈妈流泪了，便停止讲述。ICU 规定家属探视保持距离,不得靠近病床。小意只得向妈妈招手安慰她。

小意爸爸,请你把这故事写进剧本吧……女魔术师竟然说话了,这令父子俩兴奋不已。

护士长口罩遮脸走进病房提示说,家属不要刺激患者好不好?她现在不宜激动需要静养。

马得路只得收敛,极力克服嗓音沙哑说,我把你写进剧本里了,你是当代小满,在这部五幕七场的话剧里,时时处处都有你的身影……

一束追光照耀满舞台奔走的当代小满,你不停地往返于历史与现实之间,不懈地穿越时光寻找着她们——抖空竹的姑娘、打杂的女子、在东北登台演出的红衣绿裤女子,当然还有小师妹……她们人人剑胆琴心,个个都是小满。你呢,你愿化作她们在今天现实世界的投影,将当年小满们美丽且悲壮的故事讲给今天的世界听，也讲给明天的世界听，还要讲给未来的世界听……

女魔术师稍显病容的脸庞浮现出清丽淡雅的笑容，声音宛若太空金属般轻盈而清亮：小满小满，江河水满，麦粒灌浆，充实饱满……

小神童忘情地凑到病床前"鹦鹉学舌"说，收了麦子蒸成白面馒头，喝鸡蛋紫菜汤，配天昌酱园小菜。妈妈您还记得大师哥给小师妹准备的晚饭吧……

涂志秀有气无力地说，我多么希望那不是最后的晚餐啊。

编剧马得路急忙补充道，可以认为那不是最后的晚餐，抗美援朝那年东北有人看见啦！她红衣绿裤登台表演大变活人呢。

这样就好，当然这样就好……女魔术师说着，轻轻盈盈地睡了。

　　小意轻轻盈盈说道,妈妈,您要接着给我讲故事啊,兴许小满她就回来啦。

后记

二○二三年五月十四日是母亲节,临近正午时分我发了条"朋友圈",给文字配了两张照片。一张是多年前我家君子兰盛开的金色花朵,高雅而艳丽。一张是印有我名字的大红苹果,那金色字体由栖霞阳光晒成。

我在母亲节的朋友圈里这样写道:"这两年我写了《妈妈不告诉我》《妈妈为什么要讲故事》两部中篇小说,献给今天的节日吧。"

以往母亲节我从未发过朋友圈，此番还配了这样两张照片，不知出于什么心理。

　　那曾经初春盛开的君子兰，那曾经金秋采摘的红苹果，无不记载着我曾经的时光，而且关键词是"妈妈"。这必有原因吧。

　　创作心理学认为，作家的写作跟他的童年经历相关，甚至认为作家终身走不出"童年情结"，似乎成为注定。我不懂这方面的文艺理论，但是我有童年。我的小说写作确实涉及童年记忆，也包含少年时光。我曾在一篇创作谈里将作家的生活经历归纳为"往事"，无论直接生活经历还是间接生活经历，文学写作就是让"物理时间"遵循"文学时间"，将所谓"往事"投映于社会生活大屏幕，于是"往事"成为"现实"。这样说好像有些绕。好在文学不是两点连成的直线。

那么《妈妈为什么要讲故事》是否跟作家童年和少年经历有关呢？我想是有的。不然我怎么会写到杂技团和魔术演员呢，还有话剧。如今百花文艺出版社出版这部中篇小说单行本，我要写出这篇后记，那就趁机回首往事吧。当然这跟"妈妈"有关。

我的出生地属于天津旧日租界。小学生的我并不知晓自己就读的学校曾经是"日本第二小学"。我小时候旧租界残痕尚存，但我并不觉知。我在九岁之前的最大行

动,就是偷偷跟随大孩子跑去看海河,望着
这条奔腾不息的城市母亲河，竟然双腿发
软不敢靠近堤岸寸步。这现象可能埋下日
后发奋学习游泳的情结——我竟然掌握了
四种泳姿。

当年去劝业场天宫电影院看过《林海
雪原》，当年在收音机里听过第二十六届世
乒赛庄则栋夺冠的转播，当年被外祖母讲
的鬼故事吓得天黑不敢去后院厕所，我还
是认为九年时光里自己乏善可陈，没有什
么值得言说的业绩。

那时我不会知道，内心已然埋下日后
写作的种子——因为我缺乏母爱。待到六

十年后我写出"妈妈系列"小说，整整一个甲子了。我觉得可能年轻时难以驾驭"母亲题材"吧，就这样拖延到现今。如此看来我属于晚熟型作家，而且熟得特别晚。从晚熟意义上讲，我不怕老，特别不怕。谁让你们熟得那么早呢？

我继续介绍晚熟型作家的身世吧。十岁那年出现变故，我离开外祖母家去跟祖母生活了。祖母居住在天津南市，旧称"中国地"。这座大杂院让我开了眼界长了见识，生活经历猛然丰富起来，甚至丰富得有些臃肿。以前家住独门独院没有邻居，南市大杂院里邻居多得认识不过来，以前住家不用上公共厕所，到了南市必须去"官茅房"方便。我置身大杂院人堆儿里，似乎不那么强烈感觉自己缺乏母爱了。其实更加缺乏，尽管有邻居大娘见了我叫"儿子"。

我跟祖母过日子，她老人家对我的疼爱绝对到了溺爱地步。我们的生活并不太贫穷。我几乎见过天津所有曲艺演员，我也比同龄孩子有更多机会走进戏院：黄河戏院（以前叫升平）听评戏（以前叫落子）；群英戏院听京戏（多为武戏"草桥关"和"白水滩"什么的）；红旗戏院（以前叫燕乐）听曲艺（收费十分钟二分钱）；权乐、淮海（以前叫上权仙）、长城（以前叫上平安）、南市新闻(以前叫丹桂)看电影；人民剧场(以前叫美琪)看话剧；聚华戏院(以前叫华乐)看活报剧；中华戏院看杂技魔术（老天津人叫"杂耍儿"），最精彩的节目是"大变活人"，我至今记得两位魔术大师是兄弟，陈亚南和陈亚华。杂技表演还有个节目叫"叼花儿"，近乎柔软体操，由小女孩表演，大人不行。

那年吉林省杂技团来天津南市长城戏院演出，当时我恰好存有五毛钱，就攀着售票窗口说买甲级票，窗口里露出女售票员惊讶的脸庞，她递出红蓝铅笔让我选座位。

我毫不犹豫在剧场座位图里画了 1 排 12 号。她似乎有些同情我的五毛钱，小声提示道："小孩儿，以后别选头排，台上翻筋斗，你离得太近，吃土。"

我从此懂得看杂技和武戏最好坐在 8 排前后。那次吉林省杂技团没有演出"大变活人"，却牵出一头大黄牛在形似体操平衡木那样的道具上，表演动物行走，这节目太震撼了，从此我懂得那个词语的含义——不可思议。

后来我胆敢走出去了，前往百货大楼斜对面的胜利公园大棚看杂技，几个演员在巨大无比的木筒里骑自行车，沿着筒壁飞快地转圈儿；前往更远的人民公园大棚看马戏，终场节目"空中飞人"令人惊叹……

当然，我还到"三不管"跤场看过摔跤（天津叫撂跤），好像三分钱可以看两个"绊儿"，不记得见过天津"四大张"；我还在"三不管"那家小戏园子（可惜名字忘了）听过北方越剧《狸猫换太子》，这剧种是越剧腔调天津语音，全国天津独有；我还在东兴市场永安茶楼听过袁阔城的评书，他以《平原枪声》小段儿开场，这里还有评书演员刘立福和张连仲，好像一个说"聊斋"一个说"三国"；我也到东兴市场园子里听过相声，记得苏文茂和朱相臣，女演员名字不记得了；

后来我在东兴大街跟华安大街交口路灯底下看下象棋的，有人小声告诉我那位是朱相臣的公子，偷偷观察果然容貌相像……

一个十几岁的天津卫男孩子，竟然如此大批量进入"娱乐场所"，我也够不着调了。这毕竟让我长了见识，体验了民间艺术魅力。我的这些生活积累使我在二十世纪九十年代写出所谓"天津系列"中短篇小说，足有几十万字。然而，令我记忆深刻的还是魔术"大变活人"，多年后我写出《妈妈为什么要讲故事》这部中篇小说，以身为魔术演员的涂志秀为主人公，这也是我前所未有的——不仅写了魔术，还写了"妈妈"。

多年前有征文约稿编辑打来电话，征文主题是关于母爱。我表示写不出。对方以为我托大"放份儿"，语气明显置疑，我只得简单介绍了自己身世。人家得知我缺乏这方面的切身体验，当即表示理解。

如今事情起了变化，我混到这把年纪却写起了"妈妈"，这究竟什么情况？我会不会写出"母亲题材"第三部中篇小说而形成我的"母亲系列"呢？这不由得引发我的思考。

我不懂创作心理学，我只能揣摩自己心理。我没有跟母亲长久生活的经历，从记事起仅有几年时光吧。那时母亲下放郊区农场劳动，要到周末甚至月末公休回家，母子相处时光宝贵。记得母亲送给我唯一的礼物是一对竹板，五块钱在百货大楼文体用品柜台买的。我用这对竹板学会说快板书（也基本克服了口吃），小学时代登台表演风光一时。后来再也没有跟母亲共同生活，因为她有了自己的家庭。先慈于二〇一九年八月十日去世，享年九十四岁。

母亲去世触发我的想念。我是在她老人家去世的转年开始写《妈妈不告诉我》的，而且用了第一人称"我"。这部小说里确有先慈青年时代的影子，只是故事情节恰恰相反。后来我想明白了，由于自幼家庭变故使我不得尽享母爱恩泽,"母亲题材"对我而言是个陌生领域,自以为力有不逮,多年未曾涉及。如今我年过花甲反而要创作"母亲形象",这样我便有了属于"自己的母亲",我以为这就是文学赐我的福祉——使我得以在小说世界里跟她共同生活,彼此增进了解。

是的,所有的婴儿降生都无法自主选择母亲。只有文学可以,文学可以创造与现实生活平行存在的虚构世界。就这样"我和我的母亲"在文学虚构的世界里,竟然越发显得真实起来——不是足以乱真而是本真。这印证了文学不可替代的魔力。你想要什么就向文学诉求吧，你肯定会得到及时的回应。文学对任何人都不会置之不理。

《妈妈不告诉我》之后，去年我又写《妈妈为什么要讲故事》，这部小说延续《妈妈不告诉我》的人物精神特征，这精神特征就是"执着"。"妈妈"执着于人生理想，执着于人生信念，执着于不愿更改的人生选择。涂志秀高中毕业放弃报考大学来到杂技团学习魔术，这就是人生选择。我在小说里没有解释"妈妈"为什么做出这样的选择，我认为没有必要解释，因为人生即选择。我觉得"妈妈"也会认为这没有必要解释。

涂志秀对人生理想与信念的执着，正

是通过每晚给小意讲解故事体现出来，显然她对《魔术大王历险记》这本小人书不甚满意，便依照自己的价值观念做了"二度创作"，于是这本小人书成了她讲述仁人志士故事的载体。

妈妈每晚给儿子讲解魔术大王和小满姑娘，这便是她的"文学创作时间"，她认为献身理想是极其艰难的选择，于是就有了这样两句话："人世间哪有这么简单的人物，人世间哪有这么容易的事情。"

这两句话应当是涂志秀的人生感悟，她要将这个道理告诉自己的儿子，尽管小意是个病娃。涂志秀一定认为病娃也要懂得人世间的大道理。于是她执着地讲述着魔术大王与小满姑娘的故事，当然更为感人的是那位从北平匆匆赶来的小师妹，她为信仰而舍身赴死。

我在小说里努力塑造涂志秀外表高冷、内心炽热的母亲形象。无论这位母亲形象塑造得是否成功，我都会如此"执着"，不改初衷。

关于小说里的父亲形象，我故意没用更多笔墨描写他的内心世界，只是表现他不停地创作话剧剧本，似乎胸怀大志而郁郁不得志。其实他的剧本主人公正是自己的妻子，这是随着小说纵深而显现出来的。

丈夫马得路恰恰是妻子涂志秀的知音，只是不曾明言而已。小说里并未对马得路的执着精神做"热处理"，而是同样采用"常温手法"，我想这才是人间烟火吧，就像乡愁那样平淡而持久。

可能我的小说题材和手法有些老旧，难入当代文坛法眼，好在没有胸怀大志而郁郁不得志的感慨。幸好人世间有"百花"和她麾下的《小说月报》，让我的小说得以扩展传播范围和读者群体，这给了我写作的信心和动力。我将继续创作"老派小说"。如果问我为什么要写作，还是以那句话作答："因为，花要开放。"在花开季节里迎风怒放,这是任何气候难以阻止的。

妈妈为什么要讲故事？显然答案相同——"因为,花要开放。"

既然花要开放,那么借此机会对"百花"和她麾下的《小说月报》深表谢意。善哉。是你们抬举了我的小说。期待我们继续同行,愿我们稳步朝前走去,就像多年以来那样。